KB231186

사랑의 빛

사랑의 빛

초판 1쇄 인쇄 2012년 05월 10일
초판 1쇄 발행 2012년 05월 15일

지은이 | 이혜영
펴낸이 | 손형국
펴낸곳 | (주)에세이퍼블리싱
출판등록 | 2004. 12. 1(제2011-77호)
주소 | 서울시 금천구 가산동 371-28 우림라이온스밸리 C동 101호
홈페이지 | www.book.co.kr
전화번호 | (02)2026-5777
팩스 | (02)2026-5747

ISBN 978-89-6023-791-9 03810

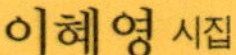

사랑의 빛

책머리에

어느덧 겨울이 지나가고 봄이 되어 저희 곁에 다가와 있습니다. 그러나 올해에 아직 따사로움을 느끼지 못해 그동안의 추억들을 시로 써놓았던 것을 출판해 놓았습니다.

저와 같은 감정을 느끼고 계시는 분들이시라면 저의 옛 추억이 담긴 시집을 통해 따뜻한 영혼의 온기를 느끼시고 사랑을 채워 가셨으면 좋겠습니다.

또한 저에게 시집이 나올 수 있도록 도와주신 가족과 보이지 않는 곳에서 기도로 채워주신 신부님과 수녀님의 사랑과 저를 알고 계신 모든 분께 감사를 드립니다.

2012. 4. 4.

차례

그리움

저보고 어떻게 살라고 이렇게 옭아매십니까?
마음이 찢어지는듯 아퍼옵니다.
괴롭습니다.

시집 한권을 보면서 다시 한 번
당신 생각을 합니다.

바하의 브란덴부르크를 들으며
당신을 떠올립니다.

헤이즐넛 커피 한잔을 마시며
당신을 그리워합니다.
사랑합니다.
괴롭습니다.

삶에 힘겨워
원망도 하고 싶습니다.
그러나 그러다가도 다시 당신을 떠올립니다.
이 마음을 알 수가 없습니다.

사랑의 뼈아픔을 느끼며...

당신의 노래소리를 들으며
사랑의 무서움을 뼈아프게 느낍니다.

무섭습니다.
두렵습니다.
저에게 과분한 사랑도 힘겨운 것 같습니다.
제가 어떻게 드려야 할지 겁이 납니다.

저와 같이 길을 동행하여 주세요.
함께하여 주세요.

고독

몸에 전율이 느껴집니다.
머리부터 발끝까지 차가운 바람이 스쳐 지나갑니다.

삶이 왜 이리 힘이 들까요?
삶이 왜 이리 버거울까요?
이럴 때 고독은 몸서리치게 다가오는 것 같습니다.

당신과 나누고 싶지 않은 것입니다.
힘이 듭니다.
가슴이 아퍼옵니다.

기도

하느님께 빌어주신
당신의 기도의 힘이 무섭습니다.

하느님께 애원하여 주신
당신의 기도의 힘이 겁이 납니다.

하느님께 희망을 달라하신 힘에
하느님께 자비를 베풀어 달라 하신 힘에

당신의 기도에 사랑이 생깁니다.
당신의 기도에 용기가 납니다.

해바라기

해바라기를 보면 당신이 생각납니다.
해바라기를 보면 당신의 열정이 느껴집니다.
해바라기를 보면 삶의 희망이 생깁니다.
해바라기를 보면 여전히 당신이 그리워집니다.
당신을 향하고 있는 제 마음이 미워집니다.

사랑의 힘

가시 돋힌 가지 위에 화려하게 핀
붉은 장미를 보면
가슴이 아퍼옵니다.
가슴이 메워집니다.
사랑의 힘이 느껴지기 때문인가 봅니다.

함께 동행하지 못하는 사랑이
슬퍼집니다.

그래도 저는 또
장미를 사러갑니다.
그런 제가 안쓰럽습니다.

사랑의 눈물

눈에서 눈물이 흐릅니다.
당신께서 이 음악을 듣고 계실지도
모른다는 생각에 마음이 요동칩니다.

눈에서 눈물이 흐릅니다.
당신께서 이 그림을 보고 계실지도
모른다는 생각에 정신이 아파옵니다.

눈에서 눈물이 흐릅니다.
당신께서 이 시를 읽게 될까봐
가슴이 아프게 슬퍼옵니다.

눈에서 눈물이 흐릅니다.
당신과 함께하지 못하는
그리움의 아픔이 온몸을 적셔버립니다.

발렌타인데이

길거리가 화려해지는 날입니다.
그냥 지나 쳐버리면 왠지 섭섭한 날입니다.

당신을 생각하며
초콜렛을 샀습니다.

예전의 기억들이 스치고 지나갑니다.
웃음이 생기면서도 괴롭습니다.

추억은 소중하고 아름답지만
가슴에 묻어 두기엔 벅찬 것 같습니다.

쵸콜렛을 보면 떠오르는
발렌타인데이의 추억과 사랑이 무섭습니다.

김소월님의 '진달래꽃'을 떠올리며

얼마나 사랑을 하고 가슴이 아팠으면
'죽어도 아니 눈물 흘리오리다' 라고 했을까요?
김소월님의 시를 떠올려보면
가슴이 다시 한 번 울려옵니다.

그러나 김소월님의 시에 담겨진 가슴이 이해가 갑니다.
당신이 있기 때문입니다.
그래서 저도 이 시가 잊혀지지 않나 봅니다.

당신과 비슷한 향기가 나거나
당신과 비슷한 분위기가 느껴지거나
그러면 저는 괴롭습니다.
김소월님의 '진달래꽃'이 떠오르기 때문입니다.

사랑을 해 본 사람만이
제 마음을 헤아려 줄 수 있을 것 같습니다.

제 마음이 미워집니다.
사랑을 왜 이리 못 견뎌 하는지
바보같은 이 약한 마음이 메달리고 싶습니다.
저도 다시 한 번 외쳐보고 싶습니다.
'죽어도 아니 눈물 흘리오리다.'

풍선

마음이 답답할 땐 하늘을 쳐다봅니다.
아이 손에 들려 있는 풍선처럼
묶여 있지 않고
자유롭게 날아가 보면 어떨까 하고
생각해 봅니다.

당신은 어떠세요?
날아가고 있는 풍선을 보면
무슨 생각이 드세요?

갑자기 자유가 그리워집니다.
왠지 도심 속의 반복되는 일상이
너무 답답하게 느껴집니다.

제일 부러운 것은 모든 것을 포용하고
안아주는 하늘이 가장 부럽습니다.

다시 힘을 내서 열심히
삶을 뛰어야 할 것 같습니다.
하늘이 웃으며 당신과 저에게 미소 짓고
있네요.

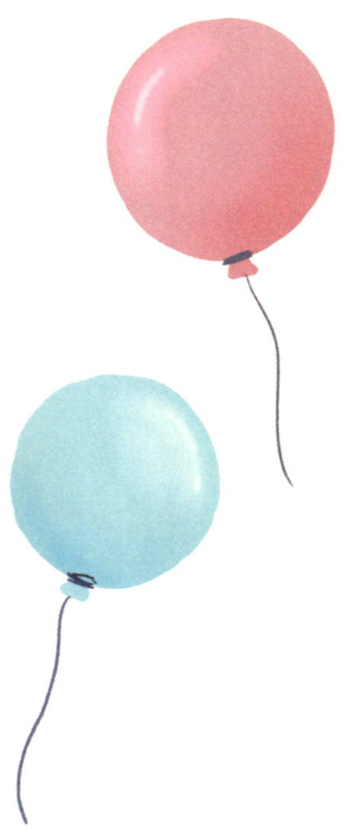

삶

당신에 대한 그리움의 하루하루인가요?
당신에 대한 사랑의 하루하루인가요?
당신께서 주시는 고통의 하루하루인가요?
당신께서 주시는 위로의 하루하루인가요?
당신께서 주시는 보호의 하루하루인가요?
당신이 보고 싶습니다.
당신을 사랑합니다.
사랑 때문에 가슴에 멍이 듭니다.

사랑의 다리

그 레코드 가게를 보면
당신이 떠오릅니다.

눈이 쌓이고 춥고 추웠던 날
왜 그 다리로 가게 되었는지
저도 제 심정을 알 수가 없습니다.

11번 버스를 타고 간 그날
11번 버스를 보면 가슴이 아퍼옵니다.

그러나 11이라는 숫자는 저에게
사랑으로 파고들어와 있습니다.

펑펑 쌓인 눈을 밟고 그 다리를 건너간
그 날을 잊을 수가 없습니다.

당신의 모습이 떠오르기 때문입니다.
눈을 밟으면서 가슴에 사랑을
담아 가지고 왔나 봅니다.

잊혀지지 않는 사랑의 다리여…

겨울 나무

차갑고 매서운 날씨 속에서도
굳건히 버티고 있는
겨울 나무를 보면
당신의 모습이 자리 잡습니다.

잎사귀 없는 가지에서
강인함을 느끼게도 하고
아픔과 고통을 느끼게도 하고
슬픔을 느끼게도 합니다.

겨울나무를 보면
제 마음도 당신을 닮아가기 위해
노력하는 어린 겨울 나무 같습니다.

카라

마음이 흔들립니다.
마음에 요동이 칩니다.
마음이 괴롭습니다.

흰 색 곧고 긴 카라를 보면
당신이 떠오릅니다.
추억과 아픔이 떠오릅니다.

왜 이리 힘이 들까요?
왜 이리 버거울까요?
왜 이리 지쳐갈까요?

당신은 기억하시나요?
카라에 대한 추억과 아픔을...
당신이 보고 싶습니다.

이 밤에도 당신의 얼굴과 모습을
별빛 속에 그려봅니다.

네잎 클로버

마음을 설레게 하는 네잎 클로버
당신이 두고 갔을지도 모를 네잎 클로버

제 삶에 네잎 클로버는 무엇일까요?
과연 받아야 하는지 고뇌가 쌓입니다.
장미꽃다발이 그냥 다가오면 무섭듯이
네잎 클로버도 그냥 다가오면 겁이납니다.

아이리스

당신의 얼굴이 떠오릅니다.
그리움에 아퍼하는 보랏빛 아이리스를 보면
외로워집니다.

당신이 보고 싶습니다.
요동치는 초록잎 아이리스를 보면
마음에 파도가 칩니다.

당신을 그려 봅니다.
보랏빛과 초록빛의 뒤엉킴속에 흔들리는
아이리스를 보면

사랑하는 당신에게
안겨보고 싶습니다.

작은 화분

작기 때문에 정이 가나 봅니다.
왠지 부족한 것 같아 한 번 더 보게 되나 봅니다.

당신이 저를 보실 때 그런 마음이 드시겠지요?
그래서 작은 화분을 보면 더 작아지는 것 같습니다.

작은 화분에 꽃이 피었습니다.
저를 다가가게 합니다.
창밖도 내다보게 합니다.

놀이터에 아이들이 나와서 놀고 있습니다.
저도 순수한 아이들의 세상으로 빠져들고 싶습니다.

나비

당신이 보내셨나요?
왜 그리 그 나비가 잊혀지지 않는지 모르겠습니다.

있어야 할 곳이 아닌데
있었던 그 나비

낯선 사람들 곁에
앉아 있던 그 나비

나비 한 마리의 날개짓에
버거워 하는 제 모습을
괴로워 하는 제 모습을
지쳐가는 제 모습을

나비 한 마리의 날개짓 속에
삶의 기쁨과 고통을 깨달아
갑니다.

비둘기

당신이 뼈아프게 그리운 날
종각에 내려 있습니다.
괴롭습니다.
몸서리치게 춥습니다.

가는 길가에 저를 반겨주는
비둘기 한 마리가 있습니다.
종종 걸음을 하면서 먹이를
먹고 있습니다.

비둘기의 통통한 몸에는
포근함이 느껴집니다.
안겨보고 싶습니다.
당신을 더더욱 생각나게 합니다.

저는 책을 사러
종로 1가 종로 1번지를 갑니다.
당신을 느끼고 싶습니다.

아이스커피

당신이 생각나면 아이스커피를
타서 마십니다.

당신이 그리우면 아이스커피를
타서 마십니다.

당신이 보고프면 아이스커피를
타서 마십니다.

당신에게 가고프면 아이스커피를
사서 마십니다.

당신에게 안기고픔 아이스 녹차라떼를
사서 마십니다.

피아노

자식같은 악기 피아노
우리집 마음을 가장 잘 아는 피아노

피아노를 보면 가슴이 아픕니다.
피아노 소리를 들으면 가슴이 울립니다.

검은 건반을 보면
우리집의 어두운 시간들이 떠오릅니다.

흰 건반을 보면
우리집의 즐거운 시간들이 떠오릅니다.

그래서 피아노를 쳐다보기가 두렵습니다.
그래서 피아노를 치기가 힘이듭니다.

미술관

당신이 그리워서 갔나 봅니다.
당신이 떠올라서 갔나 봅니다.
발걸음 가는 데로 갔습니다.
그러나 조심스럽게 갔습니다.

조각들이 저를 맞이해 주었습니다.
쓸쓸했습니다.
힘들었습니다.
외로었습니다.

미술관에 들어가 색채를 느꼈습니다.
당신을 가깝게 느끼고 싶었기 때문입니다.

당신을 느끼니 그날이 떠올랐습니다.
당신이 보고싶습니다.

칵테일 사랑

인사동 거리를 헤매는 모습이
떠오릅니다.

당신과 햄버거를 먹고
칵테일을 마셔 보겠다고
헤매이던 날

순수함과 풋풋함에
생기가 넘치던 그때

작은 칵테일 전문점에서
칵테일 한잔에 얼굴이 붉어지던 그 때

당신이 그립습니다.
몇 일전 밤에는 울었습니다.

당신께 받기만 해서 주지 못해서
가슴이 아픈가 봅니다.

당신의 거칠어 보이는 모습 속에
베어 있는 여린 마음

그 마음을 알기에
이 마음이 더 아픈가 봅니다.

저는 칵테일을 듣기만 해도
칵테일을 보기만 해도
눈물이 맺힙니다.

단풍잎

보슬비가 내렸습니다.
땅이 촉촉함으로 뒤덮혔습니다.

단풍잎이 길가에 떨어져 빗물에 젖은 채
붙어있습니다.
뒤돌아서 다시한번 보게 됩니다.
쓸쓸한 단풍잎을...

빗물에 젖은만큼 성숙한 색채가 느껴졌습니다.
당신에 대한 그리움을 느끼면서...

얼굴

좋아하는 S가수의 노래가
흘러 나오면서 저의 마음을 뒤흔듭니다.

그리워집니다.
가슴이 아퍼옵니다.
S가수의 노래를 들으면 더욱 당신이 그리워집니다.

가사가 뼈에 사묻힙니다.
모두 당신과 제 이야기 같기도 합니다.

봄이 오려는 이 계절에
왜 저는 이리 못 견뎌워 할까요?

그리움을 달래줄 꽃을 사러
나가야 할 것 같습니다.

당신 얼굴이 떠나지 않습니다.
보고싶은 그대여...

눈물

흘리고 싶지 않습니다.
더는 아니 조금만 주십시오.
힘이 듭니다.

마음의 설움을 뽑어내게 하는
그러나 지칩니다.

도와주세요.
보살펴 주세요.
당신께도 보이고 싶지 않습니다.

그러나 제 삶을 여기까지
오게 한 원동력입니다.
그래서 미워할 수 없습니다.

꿈

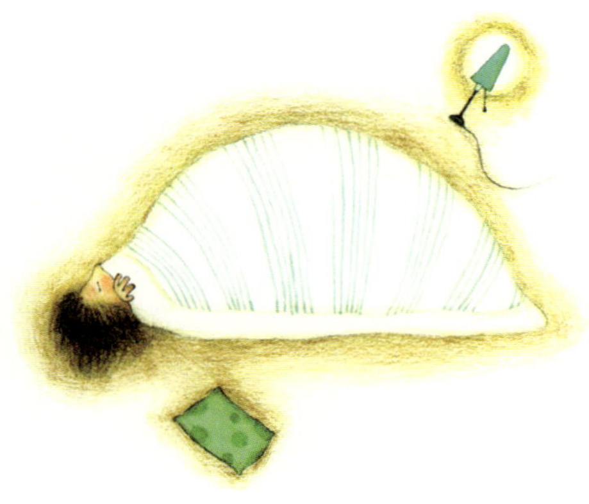

당신의 눈빛에서 느꼈습니다.
당신의 몸짓에서 깨달았습니다.
당신의 표정에서 알게 되었습니다.

당신의 눈빛에서 믿음을
당신의 몸짓에서 소망을
당신의 표정에서 사랑을

달려가겠습니다.
넘어지면 다칠 각오도 하겠습니다.
끝까지 희망과 용기를 잃지 않겠습니다.

로미오와 줄리엣

두 사람의 애절한 사랑속에
녹아있는 사랑의 향기는
얼마나 오랫동안 심금을 울릴까요?

이루어지지 못했기에
더욱 가슴아픈
두 연인의 사랑

당신이 저에게는 로미오
저는 당신의 줄리엣이 되고픈 욕망

이 바램 때문에 로미오와 줄리엣
듣기만 해도 마음이 흔들립니다.

나의 로미오! 당신을 우연히라도
스쳐지나가다 한번이라도 만나길
바라는 작은 소망은 여전히
욕심처럼 자리 잡고 있습니다.

사랑해요
로미오...

책장

당신이 생각납니다.
당신이 떠오릅니다.
당신을 불러보고 싶습니다.

책장을 보면 그리워집니다.
책장에 꽂힌 책을 보면
안쓰럽기도 합니다.

한동안 책장없이 쌓여있는 책은
외롭고 슬프기까지 해 보였습니다.

그래서 책장을 구입하였습니다.
당신에 대한 그리움을 이겨낼 수
있기를 바라면서
당신에 대한 외침을 마음으로
소리쳐 보면서
힘이 듭니다.

시집

가슴이 쓰라립니다.
당신이여! 너무 하십니다.
아퍼서 눈물을 참다가 또 터져서
울고 말았습니다.
이런 제가 괴롭습니다.

당신의 흔적을 찾고 싶어
시집을 보았습니다.
시집에 당신의 흔적이 남아
있었습니다.
그런데 저는 이제야
그 시집을 다시 한 번 읽어 봅니다.
당신의 마음을 이해하지 못했던
헤아리지 못했던 제가 미워집니다.

그런데 왜 기쁠 때 생각하지 못하고
힘들고 슬플 때 당신을 떠올릴까요?
그러나 제 마음을 헤아려 주세요.

지금도 요구하는 제가 당신 앞에서는
언제나 한없이 어린 존재인가 봅니다.

당신의 조건 없던 사랑에
용서를 바라는 마음으로
시를 읽어내려 갑니다.

운동

당신의 존재가 뭐길래?
당신은 저를 자꾸 미궁 속으로
밀어 넣으시나요?
힘이 듭니다.

운동을 하고 왔습니다.
모든 걸 잊어 버리고 싶어서 갔습니다.
그러나 잊을 수는 없었습니다.
아퍼옵니다.
슬퍼옵니다.
그러면서 강해집니다.

운동의 시간 속에서 당신의
얼굴이 떠오릅니다.
당신은 저보다 더 강하고
제가 기대고 쉬어 갈 수 있는 존재임을
느끼고 있습니다.
오늘 당신이 너무 보고 싶습니다.

오페라의 유령

가슴아프게도 이루어지지 못한 사랑.
가면을 쓴 외모는 보잘 것 없었지만
누가 이 유령의 사랑을 넘어설 수 있을까요?
아니면 집착이었을까요?

그러나 유령이 없었다면
크리스틴과 라울의 사랑이 그렇게 아름다워
보이지도 않았을 것입니다.

전 오늘 유령의 목소리가 듣고 싶어
CD를 틉니다.
유령의 눈물겨운 목소리에
제 마음이 녹아버립니다.

존재

당신의 존재는 밝게 빛나
세상에 빛과 소금이
되었으면 합니다.

당신의 존재는 저의 빈 마음을
굳건하게 잡아주었으면 하는
바램이 있는 것 같습니다.

당신의 존재는 저의 정신적인
향수였으면 합니다.

저는 오늘도 여전히 당신을
그리워 하며 커피한잔을
하고 있습니다.

고흐의 '평원'을 보면서

가슴이 트이는 것 같습니다.
당신이 느껴집니다.
마음이 느껴집니다.

마음을 흔드시네요?
괴롭습니다.
힘이 듭니다.
왜 제게로 들어오십니까?
어린아이가 되고 싶어집니다.

왜 저에게 느끼게 하시나요?
왜 저에게 깨닫게 하시나요?
왜 저에게 눈물을 흘리게 하시나요?

당신의 존재와 작품이
너무나 커져 버렸습니다.
버겁습니다.
힘이 듭니다.

당신의 작품 앞에서
저는 세살밖이 어린아이가 됩니다.

유리컵

아이스커피를 마셨습니다.
제가 좋아하는 유리컵에 마셨습니다.
그런데 왜 당신이 보고 싶을까요?

당신은 이 유리컵을 보면 무슨 생각을
하시게 될지 궁금합니다.
아무런 의미가 없을지도 모르겠다는
생각도 스치고 지나갑니다.

저는 힘들때 같이 동행해 준
이 유리컵에 정이 갑니다.
사랑스럽습니다.

저를 위로해 주는 유리컵
저를 품어주는 유리컵
저를 떠나지 못하게 하는 유리컵

창 밖에 보슬비가 내리니
당신의 모습이 유리컵에 더욱 새겨집니다.

그날 밤 그 카페

그날 밤 그 카페가 떠오릅니다.
그날 밤 그 카페에서 마신 커피가
제 몸에 피를 타고 향기로 퍼져 나갑니다.

그날 밤 그 카페의 분위기가
당신의 모습을 그리워하게 만듭니다.
그날 밤 그 카페의 커피잔이
저를 몰입하게 만듭니다.

그리워요.
그날 밤 그 카페.
느끼고 싶어요.
그날 밤 그 카페.
사랑해요.
그날 밤 그 카페.

전 오늘 다시 그날 밤 그 카페로
발걸음을 옮기고 싶어집니다.

제 몸에 전율을 느끼게 해 준
커피 한잔과 분위기.

당신의 향취를 느끼고 오고
싶습니다.
사랑해요!
그날 밤 그 카페.

당신의 존재

당신의 존재에 위대함을 느낍니다.
당신의 존재에 사랑스러움을 느낍니다.
당신의 존재에 작아짐을 느낍니다.

저를 살리심에 위대함을 느낍니다.
저를 깨닫게 하심에 사랑스러움을 느낍니다.
저를 변화시킴에 작아짐을 느낍니다.

당신께 제가 어떤 의미가 있길래?
당신께 제가 어떤 일을 해야 하길래?

당신을 만나게 해 준 다리를 놓아준
사람들에게 감사를 할 뿐입니다.

너무나 불쌍하기 그지없고 안쓰러워
당신의 위대한 사랑을 보여주서서
저는 눈물로 답변을 합니다.

작은 어항

졸졸졸 물 흐르는 소리가 납니다.
저에게 마음의 위로와 안정을 줍니다.
당신과도 같은 힘을 갖고 있는 것 같습니다.

물고기도 왔다갔다 합니다.
그 공간이 어떻게 느껴질까요?

저는 물소리와 물고기를 통해 당신을
떠올려 봅니다.
왜 저에게 그때는 부드럽게 하지
않으셨는지 이제는 알 것 같습니다.

제 자신에게 부드러운 모습이 드러나니
거친 사람이 부럽습니다.
제 자신이 너무 힘이 듭니다.

그때는 너무나 냉정해 보였던 당신을
이제는 알 것 같습니다.

깨닫게 되었습니다.
그 때 제가 조금만 이해할 수
있었더라면 좋았을 텐데요.

너무나 아쉽습니다.
너무나 안타깝습니다.

오늘 고여 있는 어항의 물이
참 부럽습니다.

소유

당신이 떠오릅니다.
소유하지 못해 괴롭습니다.
소유할 수 없어 가슴이 찢어집니다.

왜 저는 당신을 소유하고 싶을까요?
왜 저는 안 되는 걸 알면서
미련을 버리지 못할까요?

이런 제가 안쓰럽습니다.
이런 제가 애처롭게 느껴집니다.

당신을 좀 더 가까이 하고 싶고
당신을 좀 더 많이 보고 싶고
당신과 조금이라도 접촉해 보고 싶은가 봅니다.

그러나 저는 당신을 소유할 수 없습니다.

그러나 릴케의 말은 가장 아름다운 사랑이란
소유하지 않는 사랑이라 하니
심장에 못이 박히는 듯 합니다.

봄눈

제 마음의 방향을 잡을 수가 없었습니다.
당신이 너무나 보고 싶었습니다.
그래서 미용실에 갔습니다.

미용실에서 머리카락을 맡기고 당신을 생각했습니다.
힘들었습니다.
이런 저의 마음을 하늘은 이해하는지 봄눈을 펑펑
뿌려줬습니다.
위로가 되었습니다.

당신도 봄눈을 한번쯤은 쳐다보셨겠죠?
그러길 바라는 마음이 가득 합니다.
이 봄눈에 당신의 모습을 그려보며
머리를 새로하고 기분좋게 미용실을 나왔습니다.

그러나 여전히 그리움은 달래지 못하고
꽃집에 들려 프리지아와 장미 화분을
사가지고 들어왔습니다.

봄눈을 밟으며 슬픔을 달랬습니다.

장미

장미를 보면 당신의 숨결이
느껴집니다.
장미를 보면 당신의 사랑이
느껴집니다.
장미를 보면 당신의 모습이
떠오릅니다.

당신의 기도가 베어 있는 것
같습니다.
당신의 마음이 색깔로 뿜어져
나오는 것 같습니다.
당신의 눈빛이 빛으로 빛나는 것
같습니다.

왜 저를 매혹시킬까요?
왜 저를 유혹시킬까요?

저는 장미를 보면
사랑스럽고 혼란스럽습니다.

꽃병

당신의 흔적이 있는 꽃병을 보면
당신의 분위기가 느껴집니다.
당신의 삶의 향기가 납니다.

당신의 흔적이 있는 꽃병을 보면
당신이 그립습니다.
당신이 보고 싶습니다.
당신을 몰래 보고 오고 싶은
마음도 생깁니다.

꽃병에 어떤 꽃을 꽂아 놓을지
고민스럽기도 합니다.
저는 당신에게 어떤 꽃일까요?
당신을 돋보이게 할 수 있는 꽃일까요?

꽃병을 보면서 제 존재에 대해
다시 한 번 생각해보는 시간을
갖게 되는 것 같습니다.

돌고래

많은 관중 앞에서 자신을
잘 연기해 보여주는 돌고래

동물중에 영리하다는 물속의 왕자와 공주
당신과 함께 했던 시간이 떠오릅니다.

물살을 부드러운 듯
그러면서도 세차게 밀고나가는
이러한 모습이 당신을 느끼게 합니다.

돌고래의 매끈한 몸과 영리한 지혜에
당신과의 추억이 그리워집니다.

발자국

창 밖에 눈이 내리고 있습니다.
눈 위에 발자국이 나 있습니다.
당신이 혹시라도 오셨다가 갔을
발자국일까요?
궁금합니다.

당신은 무엇을 하고 계실까요?
당신은 눈이 내린 걸 알고 계실까요?
당신은 어떻게 시간을 보내고 계실지 궁금합니다.

당신과 함께 듣던 음악이
그리워집니다.
당신과 함께 거닐던 길가가
그리워집니다.
당신과 함께 마시던 커피가
그리워집니다.

당신에게 빠져들어 가는 제가
무섭습니다.
당신에게 몰입되어 버리는 제가
안쓰럽습니다.

외치고 싶습니다.
함께 그 길가를 가보자구요...
이 심정이 고동칩니다.

사랑의 빛

사랑의 빛은 너무나 눈부십니다.
그래서 눈물을 한없이 흘러내리게
하나 봅니다.

사랑의 빛은 너무나 다채롭습니다.
그래서 마음을 요동치게
뒤흔드나 봅니다.

사랑의 빛은 너무나 고요합니다.
그래서 마음을 경건하게
하나 봅니다.

사랑의 빛은 너무나 무섭습니다.
그래서 저를 빨려 들어가게
하나 봅니다.

이런 사랑의 빛이 두렵습니다.

무당벌레

알록달록 무당벌레는 하루를 어떻게
보낼까요?
생각 없이 보낼 것 같은 무당벌레가
부럽습니다.
당신이 없는 하루는 왜 이리 긴지
모르겠습니다.
생각할 수 있는 여유가 있으니
이것도 고통으로 느껴집니다.

왜 저에게 사랑을 주시나요?
왜 저에게 느낌을 주시나요?
왜 저에게 고통을 주시나요?
너무 힘이 들고 지쳐갑니다.

그래도 펜을 잡으면 다시 힘이 생깁니다.
당신의 사랑의 무서움을 느낍니다.

그러면서도 한 마리의 무당벌레가 부럽기도
합니다.
사랑에 자유로움을 누릴 수 있을 것
같기 때문입니다.
인간이기에 겪는 고뇌가 너무 힘이 듭니다.

몸

당신이 떠오릅니다.
당신과 함께 해 보지 못했기
때문인가 봅니다.

영혼의 사랑의 무서움을
느낍니다.
당신과 모든 걸 함께 하고
싶어하니 말입니다.
저도 괴롭습니다.

당신은 저를 생각하기라도
하실까요?

그러나 당신과 저는 몸으로는
이루어지기 위해서는 정신적인 육체적인
성숙한 과정을 필요로 하니
쉽지는 않은 것 같습니다.

이름 모를 당신

저는 이름 모를 당신에게
낯익은 감정을 느꼈습니다.

저는 이름 모를 당신에게
달콤한 감정을 느꼈습니다.

저는 이름 모를 당신에게
은은한 향기를 느꼈습니다.

저는 이름 모를 당신에게
순수한 사랑을 느꼈습니다.

저는 이름 모를 당신에게
빠져들고 말았습니다.

저는 이름 모를 당신이
잊혀지지 않습니다.

저는 이름 모를 당신을
우연히라도 다시 만나게 되길 바랍니다.

쇼펜하우어의 '세상을 보는 방법'을 통해서

쇼펜하우어를 통해 정신과 영혼의
풍부함을 얻게 되었습니다.

세상은 지독하게 아프기도 하고
미소를 짓게도 하고
아름답기도 하고
무섭기도 합니다.

그러나 '희망'은 잃지 않고 세상을 보아야
한다는 것을 깨닫게 되었습니다.

양초

당신의 존재가 양초처럼
느껴집니다.

당신의 모습이 양초의
불빛에 아른거립니다.

당신의 마음이 양초의
불빛 같습니다.

당신의 눈물이 양초의
촛농 같아 마음이 아픕니다.

당신의 과분한 사랑에
영혼이 힘이 듭니다.

당신에게 모자란 사랑으로
목메어 울던 제가 더
편했던 것 같습니다.

당신의 불빛 같은 사랑이
힘에 겹고 감사할 뿐입니다.

나무

삶이란 고통의 연속인가요?
삶이란 힘겨움에 버거워 해야 하나요?
힘들어 지쳐버리겠어요.

당신이 힘이 되어 주세요.
당신을 붙잡고 싶어요.
이 심정이 넘 아퍼요.

당신이 저에게 희망과 용기를 주세요.
쉬어갈 수 있는 나무가 되어 주세요.
오늘은 그냥 요구만 하고 싶어요.
이해해 주세요.
받아주세요.

당신께 철부지 어린아이가 되어버리고
마는 제 자신이 작고 여려 보입니다.

하루

하루가 왜 이리 버거울까요?
하루가 왜 이리 힘겨울까요?
하루가 왜 이리 길게 느껴질까요?

당신과 보낸 하루는 가벼웠었는데요.
당신과 보낸 하루는 즐거웠었는데요.
당신과 보낸 하루는 짧았었는데요.

하루를 보내면서 당신이 그리워집니다.
하루를 보내면서 당신이 보고 싶습니다.
하루를 보내면서 당신께 안기고 싶습니다.

그러나 그럴 수 없는 제가 슬퍼집니다.

와인

붉은색 와인을 보면
당신이 떠오릅니다.

와인을 보면 당신한테
말려 들어가는 것
같습니다.

와인 잔을 보면 당신의 얼굴이
그리워집니다.

와인을 보면 당신의 향기가
풍겨 나는 것 같습니다.

오늘은 지독하게 당신이
그리워집니다.

당신의 존재가 무섭습니다.

친구

미소가 지워집니다.
지금은 외롭습니다.

친구가 보고 싶습니다.
무엇이 우리를 이렇게
멀어지게 했는지 시간이 미워집니다.

친구에게 바라는 일들이
친구에게 바라는 소망들이
다 잘 되었으면 좋겠습니다.

친구를 챙겨주지 못해서 미안합니다.
그리고 친구에게 저의 슬픔도
보이고 싶지 않았나 봅니다.

친구와 커피 한 잔을 할 수 있는
시간이 생겼으면 좋겠습니다.

아니 술 한 잔을 하는 것도
괜찮을 것 같습니다.

친구야! 보고 싶다.

상처

당신에게 상처를 준 것 같습니다.
당신에게 미안합니다.

당신에게 상처를 준 것 같습니다.
당신에게 되풀이해서 왜 이러는지
모르겠습니다.

당신에게 상처를 준 것 같습니다.
당신에게 사랑으로 덮어 주고
싶습니다.

당신에게 반복되는 상처를 주는
제가 미워집니다.
제가 싫어집니다.

당신에게 용서를 받고
싶습니다.

포도

알맹이가 연결되어 열린 포도가
사랑스럽습니다.

포도의 보랏빛이 매력적으로
느껴집니다.

포도의 향기가 달콤함으로
유혹합니다.

포도가 당신의 결실을 나타내는 것
같아 기쁩니다.

사랑해요! 포도송이!

바다

넓고 푸른 바다에 왔습니다.
당신이 그리워 집니다.

마음이 아퍼서 좁게 되어 버렸나 봅니다.
물로 씻어 달래 주고 싶습니다.

힘이 듭니다.
넓은 바다에 뛰어가고 있습니다.

모래사장도 밟아보고 있습니다.
조개껍질도 가져가려 합니다.
제 것으로 만들고 싶은 욕심인가 봅니다.

넓은 바다에서 마음을 활짝 열고
당신과의 추억을 파도 소리에
밀려 보냅니다.

너무나 그립고 보고 싶어서 마음에
병이 나게 생겼기 때문입니다.

약속

당신과 거닐던 그 길가가 떠오릅니다.
당신과 사랑을 맹세했던 그날 그 약속.

당신과 거닐던 그 커피숍이 떠오릅니다.
당신과 하나가 되기로 했던 그날 그 약속.

당신과 거닐던 그 길가가 떠오릅니다.
쓸쓸히도 당신과 함께이지 못합니다.
그러나 스쳐지나가는 사람 속에서
당신의 체취가 나는 것 같습니다.

당신과 약속이 지켜지지 못했지만
사랑을 꽃피우고 불꽃처럼 열렬했던
그때의 기억은 바람처럼 흔들어 놓습니다.

그때의 약속이 아이스커피 유리잔에
당신의 얼굴과 함께 떠오릅니다.

창문 밖

봄에 때 늦은 흰 눈이
내렸습니다.
창문 밖으로 나뭇가지에 쌓인 눈을
바라보았습니다.

창문 밖에는 사람들과
자동차가 일상을 분주하게
보내고 있습니다.

창문 밖에서 일어나는
하루는 당신에게는 어떤 의미가
있을까요?

제게 창문 밖의 하루는
외로움과 고독감으로 밀려듭니다.

당신을 떠올리며 바라본 나뭇가지는
왜 이리 추워 보이고 저를 위해 나뭇잎을
떨어뜨린 나뭇가지 같아 마음이 아픕니다.

우산

다채로운 색상과 단조로운 색상과
여러 가지 색상의 우산이 지나갑니다.

당신은 오늘 어떤 색상의 우산을
가지고 나오셨을까요?
당신의 색상이 궁금해집니다.

당신의 모든 것을 알고 싶나 봅니다.
우산의 색상까지 궁금해하는 저를 보면
아이가 되어 버리는 것 같습니다.

가슴에 든 멍

눈물로 가슴이 메여 옵니다.
이제는 어린 제가 싫습니다.
시를 쓸 때는 너무나 순수해집니다.

세상에 나가서는 살기위해
살아남기 위해 강해지려 악해집니다.
그래서 가슴에 멍이 들어가고 있습니다.

당신이 떠오릅니다.
괴롭습니다.
보고싶습니다.

가슴에 왜 이리 못이 박혀 가는지요!
힘이 듭니다.

순수함을 깨기가 힘이 듭니다.
가슴에 더 이상 멍이 들고 싶지 않나 봅니다.

당신이 그리워 집니다.
사랑해요!
당신께 위로받고 싶어집니다.

희망

당신을 통해 삶의 의욕을 느낍니다.
당신을 통해 삶의 활력을 느낍니다.
당신을 통해 삶의 희망을 느낍니다.

당신에게 기대고 싶습니다.
당신에게 안겨보고 싶습니다.
당신에게 누워보고 싶습니다.

저에게 용기를 주는 당신의 모습에
저는 또 한 번 희망을 가져봅니다.

나뭇가지

바람이 붑니다.
나뭇가지에 잎사귀가 떨어졌습니다.

바람이 붑니다.
나뭇가지에 꽃봉우리가 맺혔습니다.

바람이 붑니다.
나뭇가지에 꽃이 피었습니다.

바람이 붑니다.
나뭇가지가 흔들립니다.
괴롭고 외로워 합니다.
그러나 꽃 피운 것을 지켜나가려
노력합니다.

바람이 붑니다.
나뭇가지가 안쓰럽습니다.
꽃이 슬퍼 보입니다.

바람이 붑니다.
나뭇가지가 굳건히 버티고 있습니다.
바람을 미워합니다.
그러면서 바람을 그리워합니다.

오뚜기

차디찬 날씨입니다.
그런데 저는 마을버스를 기다리고 있습니다.
쓰러지지 않으려고 다짐을 다시 한 번 하면서
말입니다.

오뚜기가 떠오릅니다.
흔들림 속에 쓰러지지 않는 용기있는 오뚜기.
저도 오뚜기가 되려고 최선을 하고 있는 것
같습니다.

당신은 어떻게 보내고 계신가요?
평온한 하루를 보내셨나요?
당신의 향취가 머릿속에 파고듭니다.
무섭습니다.

혹시라도 흔들림에 괴로움이 있으셨다면
오뚜기처럼 힘을 내셨으면 좋겠습니다.
당신은 저보다 더 큰 오뚜기리라
저는 믿습니다.

우리 힘내요! 파이팅!

이삿짐

누군가 이 동네를 떠나나 봅니다.
이삿짐을 보면 이사를 가고프기도 하고
이사를 온 힘든 일이 떠오르기도 합니다.

그래서 이삿짐을 보는게 괴롭습니다.
쉽게 이 곳에 오지 못했기 때문입니다.

너무나 힘들고 고통스러운 과정을 통해
이 곳에 왔기 때문입니다.
그것을 당신은 알고 계실겁니다.

그래서 저는 이 동네가 사랑스럽기도 하고
가슴 아프기도 한가 봅니다.

그러나 이삿짐을 보는 것은 왠지
괴로움이 몰려옵니다.
이삿짐에 아픔이 많이 쌓여 있어서
그런가 봅니다.

당신은 저를 보고 왜 떠나지 못하는지
왜 이 동네에 있는지 괴로워 하실지도
모르겠습니다.

그러나 저는 이 동네를 사랑하려고
합니다.

그곳

가족들이 오랫만에 그곳에 갔습니다.
특별한 행사가 있었기 때문입니다.

그런데 저는 그곳에 가면 늘 외로웠습니다.
괴롭고 힘들었습니다.

저는 그곳이 좋은 기억에 남아 있지 않아
아쉽습니다.
슬픕니다.
그곳을 언제 좋아하게 될까요?

그곳을 당신과 가 보고 싶습니다.
그곳에서 당신과 좋은 추억을 나누고 싶습니다.

그곳을 슬픔의 눈물에서 기쁨과 추억의 눈물이 있는
곳으로 만들 수 있기를 바라면서…

영혼의 만남

당신이 느껴져서 아퍼옵니다.
한숨이 저를 감싸 안습니다.
왜 그러시나요?

왜 자꾸 저를 흔드시나요?
너무 힘이 듭니다.

당신의 영혼만 만날 수밖에 없으니
지쳐갑니다.
괴롭습니다.

하늘이 무섭습니다.
원망스럽기도 합니다.
당신을 느끼고 만나게 된 걸
감사해야 하는데 왜 저는
가슴이 아퍼오네요.
가슴이 쓰라리네요.
가슴에 멍이 드네요.

책

쌓여 있던 책을 정리했습니다.
왜 책을 만지기만 해도
왜 책을 보기만 해도
당신이 생각나고 그리울까요?

책에는 제 사랑과
제 한과 제 눈물이 담겨 있어
그런가 봅니다.

책을 보면 당신도 보고 싶습니다.
당신에게로 달려가고 싶습니다.
책을 곁에 두고 있으니 행복합니다.
그러나 당신이 제 곁에 없으니 마음이 찢어집니다.

책 속에 당신을 그려봅니다.
그 고통을 알면서도 왜 그럴까요?
바로 이게 사랑의 욕심인가 봅니다.

전 오늘 책을 가방에 넣어 가지고
밖으로 나갑니다.
당신이 그리웠나 봅니다.

그건 사랑이었나 봐요!

그때 그 질투는 사랑이었나 봐요.
그때 그 눈물은 사랑이었나 봐요.
그때 그 욕심은 사랑이었나 봐요.

하늘을 바라봅니다.
당신의 모습이 떠오릅니다.
당신이 너무나 보고 싶어서 눈가에
눈물이 맺힙니다.
마음이 약해집니다.

당신은 무엇을 하고 계실까요?
당신은 어떻게 보내고 계실까요?
당신은 저를 떠올려 보기라도 하셨을까요?

저는 욕심을 냅니다.
외쳐 봅니다.
당신이 저를 떠올려 주셨기를 기억해 주셨기를

당신이 그립습니다.
이제야 사랑이었음을 깨닫는 제가
너무나 미워집니다.

별

어두운 밤하늘이 차갑게 느껴집니다.
그런데 그 속에서 빛나는 별이 있습니다.

당신인 것 같습니다.
당신이 세상 속에서 꼭 빛이 나는 별이
되었으면 좋겠습니다.

당신의 재능과 겸손함이 어두움 속에서
별처럼 빛을 밝혔으면 좋겠습니다.

당신의 순진무구함이 별처럼 항상 아름다워
보였으면 좋겠습니다.

당신의 영혼이 별처럼 항상 빛이 나 보였으면
좋겠습니다.

어두움을 피하지 말고 괴로워하지 말고
그 속에서 잘 견뎌내어 별처럼 빛나
세상을 밝혀 주었으면 좋겠습니다.

바바리

외로움을 풍기는 바바리가 좋습니다.
고독을 풍기는 바바리가 좋습니다.
당신을 그리워 하게 하는 바바리가 좋습니다.
당신을 떠오르게 하는 바바리가 좋습니다.

당신과 거닐던 그 길가가 떠오릅니다.
가을날 낙엽을 밟던 그때…
바바리에 담겨있는 그때 그 사랑이 그리워집니다.

당신과 그 카페에서 차 한 잔을
나누던 기억이 가슴을 파고듭니다.

빌딩의 숲

빌딩의 숲을 걸어가고 있습니다.
당신이 그리워 오게 된 곳입니다.

이곳의 빌딩들을 보면서
제가 얼마나 작은 우물 속에
있었는지 알 수 있게 되었습니다.

아들과 오게 되었지만
당신과 비슷한 사람을
보고 가게 되어서
그걸로 만족할 수 있는
하루 였습니다.

이상한 하루였지만
저도 이 날이 잊혀지지는
않을 것 같습니다.

기회가 되면 당신과 시원한 오렌지 쥬스를
마시고 싶은 잊혀지지 않는 하루 였습니다.

복주머니

그때는 과자를 사고 싶어서
연필을 사고 싶어서
소중하게 세뱃돈을 담아 놓았습니다.

저는 인사동에서 당신을 그리워하며
복주머니를 사 가지고 왔습니다.

당신에 대한 기억을 담기 위해
당신에 대한 마음을 담기 위해
당신에 대한 추억을 담기 위해

당신에 대한 추억으로 가득 차 버리니
그때가 떠오릅니다.

밤의 카페

불빛이 저를 밤의 카페로 가게 합니다.
제 사연처럼 와 닿는 음악이 저를
밤의 카페로 가게 합니다.

사람들이 즐거워 보이기도 하고
고민스러워 보이기도 하는 표정이
저를 밤의 카페에 머물게 합니다.

밤의 카페에는 느낌이 있습니다.
사랑이 있습니다.
고독이 있습니다.
낭만이 있습니다.

저는 오늘도 커피 한 잔이 그리워
당신과의 지난 추억이 그리워
밤의 카페를 떠나지 못하고 있습니다.

고독

아무나 느껴보지 못하는 것임을
알게 되었습니다.
당신과의 사랑 뒤에 뼈아프게
느꼈습니다.

거리를 걷다가 가슴에 느껴져
버겁습니다.
책장을 넘기다 향기에 느껴져
유혹됩니다.
음악소리에 마음이 흔들리고
쓸쓸함이 몰려옵니다.

가끔씩 지고 갈수 있으나
늘 메워져 있어서 아픈가 봅니다.
힘이 듭니다.
낙엽이 떨어지는 가을날에는
더욱 몸서리치게 느껴집니다.

그러나 고독을 통해서 새롭게
태어나고 있습니다.
그래서 기쁘게 받아들이려 합니다.

도너츠

아이들이 떠오릅니다.
맛있고도 달콤하며 다양한 모양을 지닌
도너츠에는 당신의 마음이 느껴집니다.

분홍빛 칼라 빛을 내는 상자에 담긴
도너츠는 왜 더 맛있어 보이는지
당신은 그때를 기억하시는지요?

달콤했던 당신과의 사랑
이제는 추억이 되었지만
그때가 그리워집니다.

새들처럼

파란 하늘을 보니 마음이
열리는 것 같습니다.

나무 위에 앉아 있던 새들이
지저귀 댑니다.

왠지 저에게 이야기하는 것
같아 반갑습니다.

새들의 활기찬 지저귐에
생기가 돕니다.

새들처럼 희망차게
날갯짓을 해 보아야 할 것
같습니다.

그 남자

저는 그 남자가 느껴집니다.
저는 그 남자가 누구인지 알 것 같습니다.
무섭습니다.
두렵습니다.
이게 보이지 않는 사랑인가 봅니다.

그 남자도 알고 있을까요?
그 남자도 저를 느낄까요?

그 남자가 보고 싶어집니다.
그 남자가 그리워집니다.

그 남자도 지독하게 외로운가 봅니다.
제가 이렇게 느낄 수 있는 존재인 걸 보면
알 수 있습니다.

다시 그 곳에서 그 남자를 만나고 싶습니다.

깨달음

당신께서는 오늘 또 저를 붙들어
주시네요.
저는 오늘 또 눈물을 흘리고
당신께 원망도 하고 감사도
드립니다.

힘이듭니다.
괴롭습니다.
왜 저에게 이러한 고통을 주시나요?

그래서 저보다 더 힘든 상황에 처한
사람들이 있으니 원망을 하는 것은
작은 투정일 것 같습니다.

그래서 또 한 번 깨닫게
되었습니다.
'상처받지 말고 용기를 내라' 는
당신의 마음을…

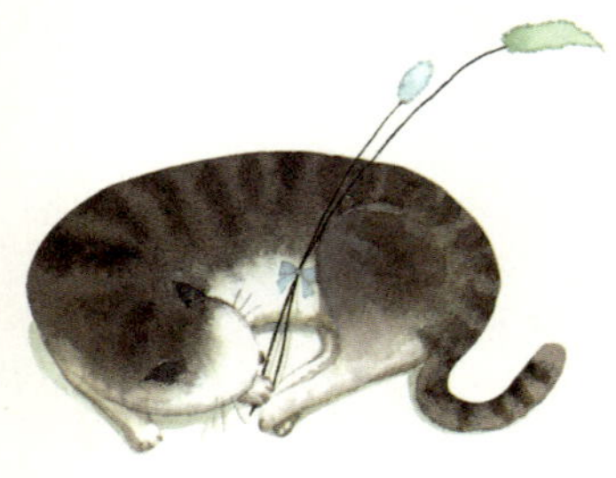

당신께서 무슨 사랑 때문에
이러시는지 모르겠지만
다시 한 번 마음을 굳게 먹고
힘을 내도록 하겠습니다.

그 누구도 원망하지 말고
용기와 희망을 가지라는 당신의
사랑에 마음을 적시겠습니다.

당신이 조금은 밉기도 하면서
여전히 사랑하는 마음뿐 입니다.

두려워 마라

당신을 통해서 알게 되었습니다.
당신을 통해서 깨닫게 되었습니다.
당신을 통해서 느꼈습니다.

두려워 마라.
겁내지 마라.
당신께서 저를 왜 이리 힘들게
하시는지 알게 되었습니다.

당신께서 저를 왜 이리 고통스럽게
하시는지 깨닫게 되었습니다.
당신께서 저를 왜 이리 눈물 나게
하시는지 느끼게 되었습니다.

할 수 있기 때문에 두려워 말고
힘내라고 채찍질을 하심을
알게 되었습니다.

이겨낼 수 있기에 겁내지 말고
용기를 가지라고 고통을 주심을
알게 되었습니다.

감사합니다.
고맙습니다.
죽을 때까지 사랑합니다.

동행

하느님께서 지켜봐 주시니
저는 용기를 낼 것입니다.

하느님께서 고통을 주시니
저는 깨닫게 되었습니다.

하느님께서 동행하여 주시니
저는 희망을 갖게 되었습니다.

하느님과의 동행에서 제 삶을
다시 쌓아 올릴 것입니다.

하느님이 저와 동행하시는데
무엇이 두렵겠습니까?

세상 소리

약해지지 말라고 하심에 감사드립니다.
당신을 통해 알게 되었습니다.

두려워하지 말라고 하심에 감사드립니다.
당신을 통해 깨닫게 되었습니다.

버거워하지 말라고 하심에 감사드립니다.
당신을 통해 쉬어가게 되었습니다.

힘겨워하지 말라고 하심에 감사드립니다.
당신을 통해 사랑을 느끼게 되었습니다.

쓰러지지 말라고 하심에 감사드립니다.
당신을 통해 용기를 갖게 되었습니다.

다시 일어나라 하심에 감사드립니다.
당신을 통해 희망을 갖게 되었습니다.

세상 소리에 나약해지지 않는 당신만을
바라보는 사람이 되겠습니다.

보랏빛 향기

연약해질 때 힘을 주는
당신의 색깔입니다.

쓰러지고 싶을 때
저를 강하게 해 주는
당신의 색깔입니다.

알 수 없는 이 빛깔의
신비로움.
알 수 없는 이 빛깔의
매력적인 향기.

당신의 존재와 같습니다.
알 수 없는 신비로 이끄는
이 보랏빛 향기.

당신이 그리워집니다.

인생이란...

당신과 행복의 조건을 찾기 위해
발버둥치는 것인 것 같습니다.

당신과 소중한 사랑을 하기 위해
심장의 떨림을 겪는 것 같습니다.

당신과 알 수 없는 인생길을
동행하는 시간의 연속인 것 같습니다.

당신과 새로운 것을 찾기 위해
변화의 과정을 겪는 것 같습니다.

당신과 믿음, 소망, 사랑의
과정을 통해 나를 찾아가는
여행길인 것 같습니다.

당신과 인생길을 함께 찾아
나갈 수 있으니 그것이 행복으로
꽃피우는 과정인 것 같습니다.

상처

밤이 깊었습니다.
별이 빛나고 있습니다.
그런데 당신이 떠오릅니다.

저는 깊게 상처가 났습니다.
고통스럽고 힘이 듭니다.
그래서 당신이 더 떠오르나 봅니다.
울었습니다.
괴롭습니다.

아픔을 겪으며 이렇게 글을 쓰는 것이
가슴을 더 아프게 합니다.
그러기에 더 좋은 글이 더 성숙한 글이
나오기를 바랍니다.

이불

분홍빛 하트가 새겨진
이불을 보면
당신이 그리워 집니다.

분홍빛 하트가 새겨진
이불을 보면
당신의 사랑이 떠오릅니다.

분홍빛 하트가 새겨진
이불을 보면
당신과의 추억이 떠오릅니다.

꿈

꿈을 꾸었습니다.
당신이 너무나 그리웠나 봅니다.
뮤지컬의 한 장면이 되살아나
당신이 저에게 찾아왔습니다.
이름모를 당신의 얼굴을 보았습니다.
꿈속의 장면이 현실에도 이루어지면
좋겠습니다.

당신과 뮤지컬의 장면을 바라고
있나 봅니다.
이렇게 꿈을 꾸면서 기대하는
제 모습에서 당신에 대한 순수한 사랑을
또 한 번 꿈꿔봅니다.

그 음악

그 음악을 들으면 당신이
떠오릅니다.

제 자신을 어떻게 할 수
없어 너무 괴롭습니다.

음악에 취해가는 제가
겁이 납니다.

이런 저를 당신은 알고
계셨기에 그때 그 음악을
틀어주셨나 봅니다.
아니면 우연의 일치였을까요?

당신과 그 음악을 함께 듣고 싶은
바램이 생깁니다.

이곳

어쩌다 이곳까지 왔는지?
왜 이곳까지 왔는지?

당신을 만나기 위해 왔는지?
알 수는 없지만 왠지 이곳이
낯설지는 않습니다.
이게 당신을 느끼는 걸까요?
이게 당신의 사랑인가요?

이곳이 힘이 듭니다.
그러나 당신을 느끼기에
고통을 참고 이겨 나가겠습니다.

이곳

당신에게

힘든 고통을 통해 당신을 느낍니다.
겁이 납니다.
당신의 사랑을 느끼며 눈물이 납니다.
이러한 것이 보이지 않는 사랑임을 깨닫게 됩니다.
저를 위해 당신도 눈물을 흘리고 계심을 아파하고 계심을
깨닫게 되었습니다.
당신을 위해 힘을 내겠습니다.

당신의 심정

이제야 헤아려 지는 당신의 심정은
제게 가슴 깊고 깊게도 파고들어
제 온 몸을 뒤흔들어 버립니다.

그 땐 저를 만나게 된 거에 괴로움이
분노가 치솟으셨을 것 같습니다.
당신의 심정이 얼마나 상처받았을지
이제야 헤아리는 못난 제가 용서받고
싶습니다.

당신에게 인연이 된 걸 슬프게하는 사람이라는 걸
이제야 깨달으니 제가 몸소리치게 미워집니다.

시간은 소리없이 흘러가고 당신과의 시간은
되돌릴수 없는 현실에서 심장이 아퍼옵니다.

당신께 용서 받고 싶습니다.
성숙하지 못했던 제 사랑에 밀려오는 옛 기억에
힘이듭니다.
우연히라도 만나지 않게 되길 바랍니다.
못난 제가 너무 미워져 심장이 멈춰버릴 것 같습니다.

전시회

따뜻한 햇살이 내려쬐던 그날
전시회에 갔습니다.

화가들의 열정과 고통과 일상이
풍겨져 나와 그림에 발걸음을
멈추었습니다.

당신도 느껴져 힘이 들었습니다.
당신과 함께 했던 그 전시회.
그날 보았던 그림이 떠올랐습니다.

과거로 잠깐이나마 저를 당신과의
추억에 잠기게 하는 시간이 무서웠습니다.

그리움과 사랑의 고통을 알기 때문입니다.

저는 제 앞에 걸려 있는 그림을 보며
당신을 잊어보려 발버둥치며 그 전시회를
떠나 왔습니다.

당신에 대한 추억을 그리워 하면서...